课外阅读王
KEWAI YUEDU WANG

黎丘老人

知识达人 编著

典藏版
课外阅读系列

成都地图出版社

图书在版编目（CIP）数据

课外阅读王．黎丘老人／知识达人编著．—成都：
成都地图出版社，2017.1（2021.8 重印）
ISBN 978-7-5557-0585-7

Ⅰ．①课… Ⅱ．①知… Ⅲ．①阅读课—中小学—课外
读物 Ⅳ．① G634.333

中国版本图书馆 CIP 数据核字（2017）第 023946 号

课外阅读王—— 黎丘老人

责任编辑：吴朝香
封面设计：吕宜昌

出版发行：成都地图出版社
地　　址：成都市龙泉驿区建设路 2 号
邮政编码：610100
电　　话：028－84884826（营销部）
传　　真：028－84884820

印　　刷：固安县云鼎印刷有限公司
（如发现印装质量问题，影响阅读，请与印刷厂商联系调换）

开　　本：710mm×1000mm　1/16
印　　张：8　　　　　　　　字　　数：160 千字
版　　次：2017 年 1 月第 1 版　　印　　次：2021 年 8 月第 4 次印刷
书　　号：ISBN 978-7-5557-0585-7

定　　价：38.00 元

目录

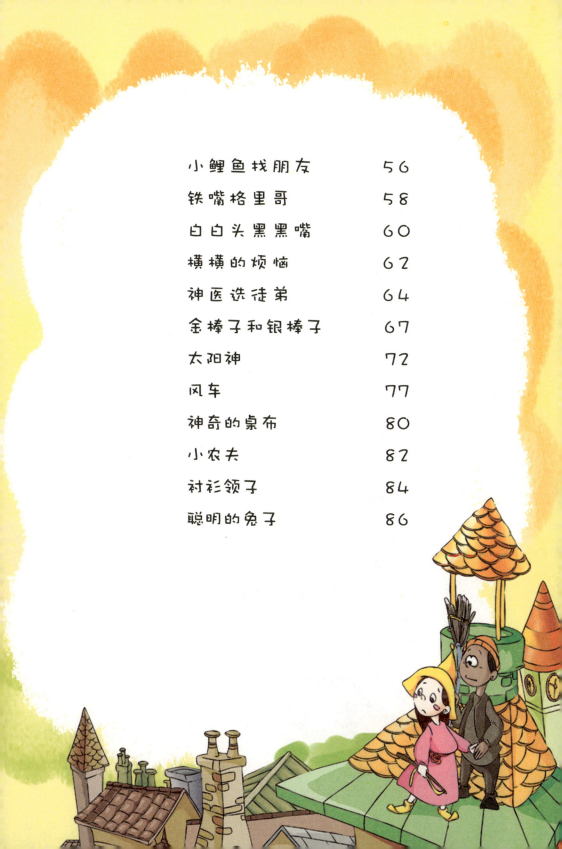

黎丘老人

魏国都城大梁以北的黎丘乡，经常有鬼怪出没。

有一天，家住黎丘农村的一位老人在集市上喝了酒，醉醺醺地往家走，在路上碰到了装作自己儿子模样的鬼怪。但是老人并没有察觉到那不是他的儿子。

那鬼怪在把老人送回家的路上，一直狠狠地折磨着他。

第二天，老人酒醒之后，想起自己醉酒回家时在路上吃的苦头，就把儿子狠狠地训斥了一顿。老人气愤地对儿子说："昨天晚上，你为什么那样对待我，你真是一个不孝的孩子！"

老人的儿子一听这话，觉得十分委屈。他伤心地说："昨天您出门不久，我就到东乡收债去了，我并没有时间来接您呀！"

老人想想，觉得儿子说得很有道理，于是恍然大悟地说：

"对了，这一定是鬼怪在捣鬼，明天我装着喝醉来报复他！"

次日，老人在集市上又喝醉了酒，他一个人慢慢地往回走。

他的儿子因为想起父亲头天晚上说过的话，担心父亲又遇到鬼怪，于是，就沿着通往集市的那条路去接父亲。

老人远远地就望见儿子向自己走了过来，他以为又是上次冒充他儿子的那个鬼怪。等他的儿子走近的时候，老人二话不说，拔出手里的剑就狠狠地刺了过去。

得胜的老人骄傲地回到了家，逢人就讲述自己杀鬼的英勇事迹。可是他还不知道自己亲手刺死的不是鬼怪，而是他的儿子。

鹤和螃蟹

从前，一只鹤来到了一个小湖边。湖里的鱼从来没有见过这么美丽的鸟，于是，它们拥护它做了国王。可是它们并不知道，这个漂亮的国王，每天都偷偷地吞吃掉许多条鱼。过了一段时间，鹤越来越贪婪了，它想一天把所有的鱼都吃掉。

于是，它想出了一个好主意，它慌慌张张地跑到小湖边，对它的臣民说："我听上帝说，这里马上要遭遇长达十年的干旱。你们要想躲避灾难，就得让我把你们叼到远处另外一个大湖里去！"那些鱼看国王对它们这样关心，都很感动，它们立刻同意了国王的建议。

于是，鹤就把它们一条一条地叼在嘴里，假装要把它们送到另外一个湖里去，却在路上把它们都吞下去了。就这样，它把整个湖里的鱼都吃光了。贪得无厌的鹤又回到了小湖边，它找来找去，只找到了一只小螃蟹。螃蟹望着鹤嘴角的鱼鳞和鼓

鼓的肚子，心里已经明白了。

螃蟹问道："国王，你也要把我带走吗？"鹤矜持地点点头。

螃蟹又问："那你怎么把我带走呢？我的壳这样厚，你是叼不住的。但我们螃蟹都有坚硬的钳子，你若是让我夹住你的脖子，我就愿意跟你去。"

鹤同意了，于是，它让螃蟹夹住它的脖子，飞走了。才飞了不一会儿，鹤就停住了，因为它想吃螃蟹了。

螃蟹才不会束手就擒呢，它说："我才不像那些鱼那么笨呢。现在我已经把你的脖子掐住了，你要是吃我，我就把你的脖子夹成两段。现在，你把我送回原来的湖里去吧。"

鹤没有办法，只好又把螃蟹送回原来的湖里。在它正要把螃蟹放下的时候，螃蟹把它的脖子夹断了。

螃蟹喃喃自语道："我可怜的鱼兄弟们，我终于为你们报仇了！"

和尚、老虎、豺

从前有一个和尚，他去朝山进香，路上看见一只铁笼子，里面关着一只老虎。他看见这只畜生被关在笼子里，觉得它很可怜。

老虎说："和尚呀，你把我放了再走吧，我永远不会忘记你的大恩大德！"

和尚被老虎的哀求打动了，他打开笼子的门，把老虎放了出来。但是他万万想不到，老虎刚一出来，便扑到他面前，拦住去路，大喊："站住，我现在饿了，你好事做到底，喂饱我的肚子吧！"

和尚对老虎说："我放了你，你却要吃我。我们去找两个公正的人来评评理，看看你吃我是不是应该的。"

老虎犹豫了一下便同意了。他们先找到了一头公牛。老虎说："公牛，我们请你做裁判！"公牛点点头，同意了。

和尚说："我看见一只老虎被关在笼子里，它求我放它出来，我看它可怜就把笼子打开了，没想到它得救后不但不感谢我，居然还想要吃了我！"

公牛说："老虎呀，你应该吃了他。因为人类都是坏的，想当年我替人类工作的时候，他们就喂养我，伺候我，给我好吃的青草。现在我老了，干不动活了，他们就想杀了我，吃我的肉。"

老虎非常高兴，因为有人赞同它。现在，他们去找第二个裁判。

这时候，豺来了。老虎和和尚拉住了它，又把事情的原委说了一遍。

豺摇摇头说："我都听糊涂了，你们是说和尚在笼子里请求老虎放了他吗？"

老虎着急地说："不对不对，是我被关在了笼子里，不是他，你现在明白了吗？"

豺又说："什么？他在笼子里，你在外面？是这样吧，老虎兄弟？"

老虎嚷嚷着说："好了，你是个傻瓜！你真是个十足的傻瓜！"

豺说："我做裁判需要有明确的事实根据！不能乱下结论。说是说不清楚的，不如你把刚才的情景再演示一遍。"

老虎不耐烦地走进笼子，一边做一边说："就是这样，我刚才是被关在这个笼子里的。你现在看清楚了吧？"

"当然看清楚了。"豺点点头回答。说完它迅速地把笼子的门给关上了，老虎又被锁在了那个笼子里面。

豺微笑着对和尚说："老好人，现在你可以走了！"

说完，和尚和豺都离开了，只剩下老虎独自在笼子里咆哮。

国王和玉米

    威利是个很漂亮的男孩子，他父亲的家里种了很多玉米。当玉米成熟的时候，整个田地都金灿灿的，就像黄金做成的田地一样。每当这时候，威利就会觉得自己的父亲是全埃及最富有的人。

    离威利家很远的地方，有一个豪华的城堡，国王和他的仆人们就住在那里。威利从没有见过国王，但是人们总是喜欢谈论国王。威利从人们的描述中感觉国王是个有钱人，他吃的是山珍海味，穿的是绫罗绸缎。

    有一天，威利又望着玉米地发呆。这时，他看见一个身材高大的男人朝他走了过来，他自豪地向威利介绍说："我是国

8

王！”

国王问："孩子，你家种的是什么东西？"威利回答："是全埃及最长寿的玉米！"国王有点生气了，他说："错了，国王才是最长寿的！"

国王又问："你父亲是谁？"威利回答："是全埃及最富有的人！"

国王说："你为什么认为他最富有？"威利回答："因为他有这么一大片玉米地！"国王愤怒了，他觉得威利藐视皇权。于是，就对卫兵说："赶快把这片玉米给我烧了。"

还没等这片玉米被烧完，国王就大声说："看看吧，这就是你长寿的玉米！现在，你的父亲什么也没有了。"威利哭了，他从大火中抢出了一个玉米棒子。

第二年，威利把那玉米棒上的玉米粒种到了田地里。过了

不久，玉米又长了起来，越长越好，就像一年前一样。

就在这时候，国王死了。他的侍卫到民间收集了一捆玉米，打算放在国王的金字塔里，威利的玉米就这样被带到了国王的坟墓里。

很多年过去了，几个英国人打开了国王的金字塔，他们发现里面的玉米被完整地保留着。他们觉得太不可思议了，这些英国人便拿走了一些玉米打算带回英国，在经过威利家的时候，他们停了下来。

英国人把玉米拿给老威利看，老威利笑着说："这就是我的玉米呀，现在我的田地里还种着它们的子孙呢！"

然后，老威利想起国王当年的所作所为，他对这些英国人说："我的玉米到现在仍然还活着，而且会一直活下去。而国王呢？他不是说自己是最长寿的吗？他又活了多久？"

长鼻子小象

长鼻子小象最爱帮助别人了。

一天，山羊老公公驮着一捆柴，低着头慢慢地走着。

长鼻子小象几步赶了上去，说："山羊公公，我来帮你拿吧。"说完，它用鼻子把柴卷了起来。

老山羊抬起头，感激地说："谢谢你呀，我已经累得抬不起头了。"很快，小象就把柴运回了老山羊家。

老山羊拉着小象，请它喝了水再回家。老山羊说："小象，今天真是谢谢你，要不是你，我还不知道什么时候才能回家呢。"但小象放下柴就跑了，一边跑一边扬着长鼻子大声地说："不用谢，不用谢！"

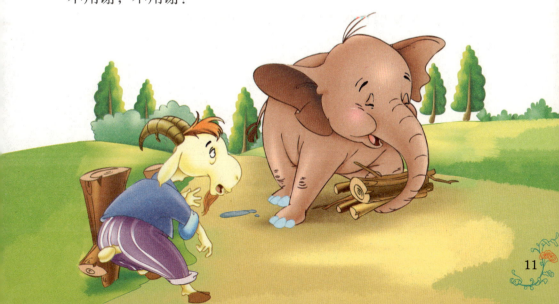

回家的路上，长鼻子小象看见红眼睛小兔子眼泪汪汪地站在大树下。

长鼻子小象关切地问："小兔妹妹，你怎么了？"

红眼睛小兔说："今天妈妈给了我一根胡萝卜，可是还没有吃就被顽皮的猴子给抢走了。"

小象抬头看看大树，小猴子正拿着胡萝卜在树上挤眉弄眼呢！

小象说："小猴子，你为什么要欺负小兔妹妹？快把胡萝卜还给她。"

顽皮的猴子才不理睬小象呢，他笑眯眯地说："到我的手里就是我的了，我才不还给她呢！"

说完，顽皮的猴子就要把胡萝卜往嘴里塞。小象生气地说："小猴子，快把胡萝卜还给小兔子。"

说着，小象把长鼻子轻轻一扬，就把顽皮的猴子手中的胡萝卜卷了下来。

小猴子目瞪口呆地望着小象，说："天哪，你的鼻子这么有

用！"

小象把胡萝卜还给了小兔子，说："不要哭了，我把它抢回来了。"小兔子高兴地笑了起来，说："小象哥哥，谢谢你！"

小象来到了烂泥塘，看见小猪正在里面打滚呢。

猪妈妈拿着棍子在到处寻找小猪，她也看见了泥塘里的脏儿子。猪妈妈大声对小猪说："我早就告诉你不准在泥塘里打滚了，你还不听话，看我怎么教训你！"

小猪吓坏了，急忙爬出烂泥塘。

小猪身上全是烂泥巴，还散发着一阵一阵的臭气。

猪妈妈押着小猪来到了小河边，猪妈妈说："下去洗个澡，把身上的烂泥巴全部洗掉！"

小猪胆怯地站在河岸，怎么也不敢往河里跳。他说："妈妈，妈妈，我害怕，您帮我洗个澡吧。"

可是猪妈妈也不知道怎么办，因为她太胖了，行动起来很不方便，无法给小猪洗澡。

小象对小猪母子说："我来帮助你们！"

说完，小象用长鼻子吸水，然后喷在小猪的身上。不一会儿，小猪就变得干干净净了。

小猪奇怪地问："小象，你用鼻子吸水为什么不会呛水？"

小象说："我的鼻子结构和你不一样，所以不会被呛水。"

小猪追问："为什么，可以讲给我听听吗？"

小象说："我们大象的气管和食道是互相连通的。鼻腔后面的食道上有一块软骨头，当水进入鼻腔，这块软骨头就会把气管口盖上。"

小猪说："是不是这样就可以阻止水进入气管？"

小象点点头继续说："这样水就由鼻腔进入食道，而绝不会跑进气管里去，所以不会呛水。当水从鼻子中喷出时，软骨又会自动张开，保持了呼吸的畅通。"

小朋友，小象的长鼻子作用大吗？

沧海变桑田

在广阔的西藏，流传着许多古老而神奇的传说。其中，有一个关于雄伟的喜马拉雅山的动人传说：在很早很早以前，这里有一片无边无际的大海，凌厉的海风卷起海涛，推起波浪拍打着长满松柏、铁杉和棕榈的海岸，发出哗哗的响声。远处，重林叠翠，云蒸霞蔚。森林里长满了参天大树，遍布各种奇花异草，晶莹的露珠折射出太阳的光彩；成群的麋鹿和羚羊在丛林里欢快地奔跑，成群的犀牛迈着悠闲的步伐，来到湖边畅快地饮水；杜鹃、画眉还有百灵鸟，在林间跳来跳去，欢乐地唱着动听的歌曲……这是一幅多么美妙的画卷呀！可是，有一天，突然来了头巨大的五

头毒龙。它推倒了大树，踩坏了野花，吞食动物……几乎要毁灭了整个森林。

生活在这里的飞禽走兽都害怕极了，不知道应该怎么应付眼前这巨大的灾难。它们先往东边逃，气还没喘过来，毒龙就来到了东边。它们又全部你推我挤涌到西边，西边是茫茫海洋，下去是死路一条。正当这些可怜的动物们走投无路，等着被毒龙吞下的时候，忽然从大海的上空飘来了五朵彩云。彩云由远处徐徐飘来，不断变换着颜色，最后变成了五个无比美丽的仙女，她们的微笑有着战胜一切困难的魔力。仙女们来到海边，伸手安抚着惊魂未定的动物们，看着眼前面目全非的森林，她们一起施展出无边的法力，降服了五头毒龙，将它赶回了大海。为了不让毒龙再出来作怪，仙女们又让大海后退了几千米。

生活又恢复了往日的宁静，阳光也像过去一样温暖，所有的动物都诚心地感谢着仙女们的救命之恩，请求她们继续留在人间成为他们的守护神。于是，本来准备返回天宫的五位善良的仙女，同意留下来，与所有的生灵一起分享太平。五位仙女又施展了法力，将东边变成物产丰富的森林，西边变成一望无垠的良田，南边变成花草芬芳的花园，北边变成水草丰茂的牧场。那五位仙女后来就变成了喜马拉雅山脉的五个山峰。它们屹立在高原，默默地守卫着这幸福的家园。为首的就是世界最高峰珠穆朗玛峰，当地人民都亲切地称之为"神女峰"。

古教堂的钟

在德国的瓦尔登堡，路边的槐树开满了美丽的花朵。街上有幢房子，外表非常寒酸，里面住着一家很贫穷的人。他们非常正直和俭朴，心里怀着对上帝的敬爱。上帝很快就送给他们一个孩子，就在这个孩子落地时，教堂塔上传来了洪亮的钟声。这是一个快乐的时刻，他们有了一个男孩。妈妈和爸爸吻了他并在《圣经》上写道："1759 年 11 月 10 日，上帝送给我们一个男孩。"

男孩在慢慢地长大，这个世界也在变化着。当他还只有 6

岁时，他已经常常在晚间坐在小凳上，听爸爸讲勒尔特的寓言和关于救世主的诗了。当他听到耶稣为了救大家而上了十字架的时候，他哭了，比他大两岁的姐姐也哭了。

孩子在贫困中长大了，而教堂的老钟却再也发不出声音来了，因为它从钟楼上掉了下来，一个新钟代替了它。老钟在孩子的记忆中留下了深深的印迹。妈妈告诉他，这钟在她痛苦时是怎样发出安慰和快乐的声音；怎样在她生小孩的时候，奏出了音乐……孩子怀着虔诚的心情，看着这个既伟大又古老的钟，他弯下腰来吻它。虽然它躺在乱草之间，裂了口，满身是锈，

可这丝毫没有影响这孩子对它的敬仰之情。

后来，这个在玛尔巴赫出生的穷孩子发展得非常好，好得叫人羡慕！他进了军校，而且受到了优待，进了只有世家子弟才能进的那一科，他穿起了皮靴和制服，认真学习军事知识。

那个被人忘记了的古教堂里的钟，总有一天会被熔化掉，而这个年轻人心里的钟又会怎样呢？这很难说。

后来，这孩子来到了外国，因为他不想被平凡的生活漩涡所淹没。他住在一个寒酸的客栈里完成了他的作品。虽然这里环境极坏，老板不是吵闹就是喝酒。他把自己关在屋子里，用他那双明亮、深邃的眼睛看世界时，他在心里欢唱他的理想之

歌。这是段艰难的日子、
阴暗的日子，但他都坚持
了下来。那是因为他的心
中有一个钟，在为他排除艰难日子中的烦恼。

后来，老钟被熔化了，成为一座新铸的纪念碑的一部分，那是一个伟大雕像。当火热的铜流进模子里时，谁也没有想起那个古教堂的钟的故事，以及它那逝去了的声音，它被铸成了一个完整而伟大的铜像。后来，铜像被立在斯杜特加尔特的故宫前面，它代表着那个人活着时，曾经在这块土地上生活。他就是德国伟大的诗人，一个伟大而光荣的作家——约翰·克利斯朵夫·弗里德里希·席勒。

狐狸与馒头

人们都说，狐狸是可以成精的。有这样一只狐狸，它已经修炼成精了，因此特别聪明，整天把人骗得一愣一愣的。

有一天，狐狸遇到了一个小孩，它又想骗人了。狐狸大模大样地走到小孩子面前，他装着很和蔼的样子问："小朋友，你到哪里去啊？"

小孩子回答："狐狸大叔，我要去邻村的姥姥家。""你姥姥怎么样了？我也认识她呀。"狐狸一边走一边和小孩子聊了起来。

最后，狐狸觉得已经取得了小孩子的信任，于是问："小家伙，你怕什么？"小孩子早就听说了狐狸的狡猾，他才不会

上当呢，因此装着害怕的样子说："肉包子呀，这种东西好吓人呀，我一下都不敢碰。"

　　狐狸哈哈大笑地走了，来到集市，买了整整十斤肉包子。狐狸来到了小孩的姥姥家，噼里啪啦往院子里扔着肉包子。小孩子大叫着："我好害怕啊！"他边叫边往家里捡肉包子，狐狸这才知道上了当。狐狸生气了，它想要报复，于是连夜往小孩子家的田地里丢了许多大石头。第二天，小孩子随姥姥下地干活的时候，看着满地的石块，大吃一惊。可是他马上想到这是狐狸干的，所以大声说道："有了这么多大石头，我们就不用再为田地上肥了。"

　　听了这话，狐狸又用了整整一个晚上把石块全都捡了出去，这可把它累坏了，在家里一连躺了三天呢！

水下的火堆

有这样一个传说，传说很久很久以前，鱼儿和现在不一样，不是生活在水中，而是生活在陆地上。他们的首领是梭鱼苏盖。他常常带领着鱼儿们成群结队地到处游玩。

有一天，他们去很远的地方玩，晚上回不了家，就打算在野外睡一宿。他们在河边找了棵大树，在大树下生起一堆火，做好了饭。吃完饭后，鱼儿们都觉得有些疲乏，就迷迷糊糊地睡着了。

忽然，天上飘来一片乌云，紧接着就下起雨来，火被浇灭了。更糟的是，刮起了一阵阵冷风，可怜的鱼儿们一个个冻得浑身发抖。"这样下去可不行！"苏盖着起急来，"我们必须把火重新生起来，不然大家都会被冻死的。"

多骨鱼找来两根木棒，用力摩擦起来，想用这种方法取火。可是他费了半天劲，也没弄出一点火星来。隆头鱼不甘心，从多骨鱼手中接过木棒，用力摩擦起来，弄了半天，还是没有任何效果。

看到这情景，苏盖无可奈何地说："木头太湿了，看来我们只有等太阳出来，把它晒干再说。"这时，一条小鳕鱼走过来对苏盖说："我爸爸会魔术，没有他做不到的事情。"苏盖连忙请来老鳕鱼。

老鳕鱼从树上剥下一些树皮，放在篝火的余烬上，然后跪下身子不停地吹起来。吹呀吹呀，树皮下边出现了一点点红光。

鱼儿们一见，都围了过来，他们想用身体挡住刮来的风，免得火被吹灭。

　　但是老鳕鱼却叫他们站到一边去，他要靠风来把火吹旺。慢慢地，红光变成了火苗，火苗变成了火焰。鱼儿们急忙捡来柴禾放到火堆上，不一会儿，火就熊熊燃烧起来了。鱼儿们纷纷夸奖老鳕鱼真能干。

　　就在这时候，猛地刮起了一阵大风，火苗被刮歪了，向鱼儿们扑来。鱼儿们慌了手脚，你碰我，我碰你，叽里咕噜地滚到河里去了。

河水可真冷啊！不一会儿，河面上就结了冰，冷得鱼儿们直打哆嗦。可是没过多久，他们就觉得暖和起来。原来，那堆火也被风刮到河底来了，而且还烧得旺旺的。鱼儿们都高兴地围拢过来烤火。

　　只有苏盖一个人不高兴，他望着结冰的河面发愁，不知道怎样才能带领鱼儿们走出去。老鳕鱼告诉苏盖，这堆火在水底也能跟在岸上一样燃烧，而且永远不会熄灭。苏盖一听顿时喜上眉梢，他大声宣布："从此以后，我们鱼儿就生活在水里了！"

农民的故事

　　从前有一个善良的农民，过着贫苦的生活。天上的神仙觉得他很可怜，决定帮助他。

　　于是，一位神仙变成一个过路人到农民家住宿。善良的农民拿出自己家最好的食物来款待他，并把自己的床让给他睡。第二天，神仙离开的时候送给农民一只鸡，并说："好好地喂养这只鸡，它会给你带来幸福的。"

　　农民就找来玉米和燕麦给鸡吃，还给它洗澡，怕鸡在晚上冻着了，他就抱着鸡一起睡。过了几天，这只鸡下了一枚金光闪闪的金蛋！农民简直不能相信自己的眼睛。从此，这只鸡每天都要下一枚金蛋，农民靠着这些金蛋发了财，成了一个富翁。

成为富翁的农民开始享受起来，他不再像以前那样关心鸡了，心地也不再善良了。他开始变得吝啬、狠心和粗鲁，经常打骂周围的穷人。

神仙在天上看到了这一切，非常生气，决定要惩罚这个农民。

神仙再次打扮成过路人来到了农民家。农民认出了这就是给自己鸡的人，连忙热情地款待了他，希望能从他那里得到更神奇的宝贝。第二天，神仙离开时送给农民一条猎狗，并嘱咐他要好好地喂养。

农民欢天喜地地把鸡和猎狗放在一起。谁知道，猎狗一看见那只鸡就扑上去咬死了它，然后跑掉了。后来，农民又变得和以前一样穷了。

水孩子

在英国北方的一个大城市里，住着一个扫烟囱的小男孩，名叫汤姆。

汤姆很可怜，他从小就没有父母，被一个叫格里姆斯的恶棍雇用，做了他的仆人，受尽他的虐待。

汤姆每天的工作就是扫烟囱，他整天在烟囱里爬上爬下，清扫烟尘。师父格里姆斯经常打骂他，但他仍无忧无虑，十分快活。

一天，汤姆和格里姆斯一起去哈索沃庄园扫烟囱，路上他们遇到了仙女，她非常同情小汤姆，决定帮助他。

在大庄园里清扫烟囱的时候，汤姆在黑黑的烟囱里迷了路，一不小心掉到了庄园主的小女儿艾莉的卧室里。

艾莉见有人从洞里钻出，吓得尖叫起来。大家以为来了盗贼，便一同追赶汤姆。

在仙女的暗中保护下，汤姆逃进森林，甩掉了追赶他的人们。

最后，汤姆一不小心掉到了河里。但他并没有死，而是变成了水孩子。

一天，艾莉在海边看到了水孩子汤姆的身影。她想看个仔细，不料脚下一滑，也掉进了河里。

就这样，艾莉来到了汤姆的海底世界，也成了一个水孩子。

艾莉非常纯洁、善良，因此仙女给了她特殊的奖励：星期天她可以离开海底世界，到一个奇特的地方去。

汤姆十分渴望和艾莉在一起，但师父格里姆斯正处于水深火热当中，当务之急应先救出他才行。

　　仙女委派知书达理的艾莉做汤姆的老师，教他读书，学习礼节。

　　在这里，汤姆渐渐地改掉了许多不好的习惯，变成了一个既纯洁善良又知书达理的好孩子。

　　这时候，仙女对汤姆说，如果他想成为一个真正的男子汉，就必须出去闯世界，找到格里姆斯，把他也改造成一个好人。

　　于是，汤姆决心到遥远的地方去寻找正在受难的格里姆斯，用自己的行动感化他。

　　汤姆历尽千辛万苦，游历了许多奇怪的国家，碰见了许多奇怪的人们，最后终于找到了师父。

　　汤姆帮助格里姆斯改正了不好的毛病，同时他自己也成了一个热爱真理又正直勇敢的人。

　　现在，汤姆可以和艾莉永远在一起了！

一年的故事

这是一月的末尾，可怕的暴风雨在外面呼啸。天黑的时候，天气变得晴朗起来。第二天早晨，一些小鸟儿在扫过的雪地里跳来跳去。一只冻得发抖的麻雀对另一只说："人们拿着罐子往门上打，快乐极了。因为旧年过去了，我很高兴，我希望暖和的天气快点到来。但是，这个希望落空了——天气比以前冷得更厉害！人们把时间计算错了。"

一个星期过去了，两个星期过去了，从南方飞来了两只鹳鸟。它们每一只的背上都坐着一个美丽的孩子——一个是男孩，

一个是女孩。凡是这两个孩子所到过的地方，绿芽就在灌木丛或树木里冒出来，草也长得更高，麦田慢慢染上了一层活泼的绿色。小姑娘在四处洒着花，她的围裙里兜满了花儿——花儿就像是从那里面长出来的一样。因为，不管她怎样热心地向四处洒着花朵，她的围裙里总是满满的。鸟儿唱着："春天到来了！"

许多日子过去了，许多星期过去了，炎热的天气接踵而来了。这儿坐着一位美丽的"夏天"少妇——她就是我们先前所看到的那个小孩和后来的新嫁娘。她的眼睛盯着一堆密集的乌云，它们像重叠的山峰，又轻又沉重，一层比一层高。后来，天空电闪雷鸣，大雨倾盆而下。

　　许多日子过去了，许多星期过去了，收获人的明晃晃的镰刀在麦田里发着光，树林里的叶子渐渐变得枯黄了，一片一片落下来，狂暴的秋风在怒号。深秋已经来到了。

　　冬天到了，雪花漫天飞舞，天气异常寒冷。许多日子过去了，许多星期过去了，鸟儿在喃喃地唱："春天到来了！"第一只鹳鸟高高地从空中飞来了，接着第二只鹳鸟也飞来了，每只鹳鸟的背上都坐着一个美丽的孩子。

　　一年的故事也就结束了。

太阳是什么

很久以前，有一个叫豆豆的小孩子，他一生下来就什么也看不见。但是豆豆特别想知道太阳是什么样子的。

有一天，豆豆坐在家门口，听见路上有人说："今天的太阳真大啊！"豆豆听他们这么一说，心里高兴极了。他问过路的人："你可以给我说说太阳是什么样子的吗？"过路的人大声说："太阳啊就像一个圆圆的铜盘。"于是，豆豆回到屋子里，东翻西找，摸出了铜盘。豆豆拿起铜盘敲了敲，铜盘发出了"当当"的声音。

后来，只要豆豆一听见"当当"的声音，就会手舞足蹈地说："我听到太阳啦！我听到太阳啦！"

　　邻居家的小姐姐听到豆豆的喊叫声，说："豆豆，你真笨，太阳怎么会发出'当当'的声音呢？它只会发光，它的光就像蜡烛一样亮。"

　　豆豆听了，又回到屋里去找蜡烛。他摸了摸蜡烛的形状，自言自语地说："哦，原来太阳就是这样的啊，怪不得小姐姐说它是不会发出声音的。"

　　后来，豆豆摸到了一支笛子，他又开始欢呼起来："太好啦，我摸到太阳啦！我摸到太阳啦！"

　　太阳到底是什么样的，豆豆到最后都不知道。

一条鲍鱼

从前有一条鲍鱼，它和家人一起生活在浅海里。从小爸爸就叮嘱它："孩子，不要上钓鱼竿的当，这种东西能要我们的命呢。"现在，小鲍鱼已经长大了，爸爸早就不在了，它要学会保护自己。

小鲍鱼像一个哲学家一样对自己说："生存是一种学问，我要好好学习，不然就没有命了。"于是它开始学习怎样生活。

首先，小鲍鱼决定挖个只有自己能进去的洞，别的动物都进不去！它用嘴挖这个洞，整整挖了一年。一年之中，它有时

钻在泥里过夜，有时躲在水草底下过夜，有时藏在石缝间过夜，经历了无数惊险。最后，总算挖了一个挺不错的小洞。

至于肚子的问题，它是这样解决的。小鲍鱼只有在每天中午的时候，才出来活动。这时候，大部分的鱼类已经吃饱了，人类也在阴凉的地方睡觉。

如果运气好，小鲍鱼也许能采到一些海藻，这一天就不会饿肚皮了。如果采不到海藻，它只好饿着肚皮再躺回洞里。这条鲍鱼是这样想的："我宁可不吃不喝，也比吃得饱饱的却丢掉性命强。"

就这样，这条小鲍鱼居然活了一百多岁。这一百多年，它一直生活得战战兢兢的。"生活是充满危险的，但我毕竟是一条幸运的鱼。"这条老鲍鱼如同哲学家一样想着。

孤独的巨人

从前有个巨人，住在遥远的大森林里。在那里，每天陪伴他的不是大熊，就是蜻蜓、青蛙或者喜鹊、蝴蝶……全是一些不会说话的小动物。一天早晨，巨人走到小溪边洗脸。看着自己的倒影，巨人叹息说："唉，难道这个世界上只有我一个人吗？如果这个世界上还有其他人该多好啊！如果其他人都来陪我，我该有多幸福啊！"

于是，巨人砍倒了一棵参天大树，用石斧在大树上挖啊挖，挖了七个大洞，做成了一支好大好大的笛子。每天他都坐在草

地上吹笛子，"哆来咪发嗦啦西……"真好听啊。巨人相信，其他人一定会听见他的笛声的。

终于有一天，一个小孩子听见了巨人婉转的笛声。他把这件事告诉了妈妈，妈妈又告诉了爸爸，爸爸又告诉了邻居……最后，全城的人全知道了这件事，他们决定去寻找巨人。

他们开着直升飞机，拖着大炮，带着绳子，推着笼子，来到了大森林。

巨人见有人来找自己，非常高兴，欢呼着迎了上去。可是，人们却用大炮朝他发射了一枚麻醉弹，巨人"轰"的一声倒在地上，呼呼大睡起来。当他醒来的时候，发现自己被关在笼子里，好多的大人和小孩正围着笼子对自己指指点点呢。

虽然身边多了这么多人，可巨人一点也开心不起来，他更孤独了。

帕查卡马克

在美洲流传着一个古老的神话：在很久很久以前，虽然那时大海已经退却，露出了大地，但天空却没有一丝光明和温暖，也没有人和其他动、植物，大地被笼罩在黑暗和寒冷之中，到处是一片荒凉凄惨的景象。

一天，创世主帕查卡马克从天上降落到大地。他看到这毫无生机的大地后，感到非常孤独无聊，便取来一些水和土，将它们和成泥团，然后仿照自己的模样和大小，捏出许多人来，就这样，大地才开始热闹起来。帕查卡马克看到自己的杰作，非常得意，来到喀喀湖中的一座小岛上居住了下来。

不久以后，帕查卡马克回天上去了，可他却忘记了给人类光明。因此，人们不仅不向他表示感谢，反而还经常咒骂他，帕查卡马克知道了，非常不解，一气之下，把许多人都变成了石像。

等他了解到是自己的疏忽时，又懊悔起来。于是，他召来许多神仙，一起回到小岛上，商量如何为人类驱走黑暗，带来光明。

经过三天三夜的讨论，帕查卡马克决定：由月亮女神基利亚的哥哥太阳神孔蒂拉雅来掌管白昼照明，而月亮女神基利亚则掌管夜间照明。帕查卡马克任务布置完毕后，又嘱咐他们兄妹俩说："太阳和月亮以十二个月为期限由东往西交替运行。"接着，帕查卡马克又按照自己的模样雕刻了许多石像，有的像普通百姓，有的像首领，还有的像孕妇和婴儿。然后，他叫众

神在石像上刻上名字，并告诉他们哪些人该在哪些地区居住、繁衍。当太阳的第一缕阳光照在石像上时，一群新生命就这样诞生了。

　　帕查卡马克将其中一个男孩和女孩留在自己身边，对剩下的人说："你们朝着太阳落山的方向走吧，把那些躲在溪泉、河川、山洞和林莽中的人们呼唤出来，教给他们捕食的技巧。"这些人听了，便出发了，他们按照帕查卡马克的要求来到各自的区域，对着人们高声地呼叫："你们快出来吧！太阳已经升上天空，为你们带来了光明，你们再也不用为黑暗而痛苦了。"

　　不一会儿，人们便从四面八方跑了出来，兴奋得跳起了舞，欢呼起帕查卡马克的名字来。帕查卡马克看了，高兴极了。他笑着对身边的男孩和女孩说："你们两人的生命是太阳神所赐予的，所以在你们的身体里有着太阳神的意志，你们的子孙将会成为王族去辅佐太阳神。"说完，帕查卡马克就朝着库斯科的方向走去。

当他来到卡纳斯人的领地时，卡纳斯人不但没有前来迎接他，还个个带着武器向他发起进攻。他非常气愤，马上从天上降下火焰，焚烧他们的住宅。卡纳斯人惊恐万分，纷纷丢掉武器，向这个留短发蓄长须、身着长袍的人求饶。帕查卡马克看到他们安分了下来，这才将大火扑灭了。

直到有一个卡纳斯人认出他就是创世神——帕查卡马克时，人们才纷纷跪在地上，虔诚地膜拜起来。之后，帕查卡马克把他们带到一个距离库斯科三十公里的小山上，并向他们预言道："你们就在这里定居，等着太阳神的儿子和女儿来统领感化你们，教化你们，成为你们子子孙孙的首领。"然后，帕查卡马克向西走去，与众神会合后飞上了天。

谁最聪明

在城市的一个角落里，有一只苍蝇和一只蛾子。它们虽然是邻居，可是并不和睦。只要一碰面，它们就会争得面红耳赤，因为它们都认为自己才是世界上最聪明的。

一天，苍蝇外出寻找食物。路上，它发现了一罐蜂蜜。这可把苍蝇乐坏了，它急忙飞到罐口边，大口大口地吃起来，还不时地用舌头舔舔嘴角的蜂蜜。

很快，罐口边的蜂蜜就被苍蝇吃完了。可它却不满足，又打起了罐里蜂蜜的主意，想一次吃个够。于是，苍蝇二话不说，一蹬腿就跳了下去。

谁知，黏稠的蜂蜜一下就把苍蝇的脚粘住了，它再也飞不走了。

　　苍蝇一边呼救，一边挣扎，好心情早已不在了。这时，蛾子碰巧飞进了屋子。它发现了困在蜂蜜罐里的苍蝇，嘲笑道："你这个笨蛋，平时还说自己最聪明呢，今天这是怎么了啊？"苍蝇听了，忙哭着对蛾子说："蛾子大哥，你才是世界上最聪明的，快把我救出去吧！"可蛾子白了苍蝇一眼，根本不理它。

　　到了晚上，房子的主人点起火炉来取暖。苍蝇依然躺在罐子里，早已精疲力竭了。不过，它感到很快乐，因为蛾子不顾一切地向火炉扑去，被活活烧死了。"看来世界上最聪明的还是我啊！"可说完这句话，苍蝇就再也没发出过声音了。

不能飞的小燕子

春天的时候，燕子妈妈孵出了一窝小燕子。有五只都是好好的，只有一只有些残疾。小燕子很快就长大了，燕子妈妈开始带着它们四处飞翔。那只残疾的小燕子在窝里呆呆地望着它们，一动也不动。

燕子妈妈非常伤心，它给这个孩子起名叫飞飞，哪怕它一辈子也不能飞。秋天的时候，燕子们要飞到南方去了。燕子妈妈含着眼泪想：我怎么能把小飞飞留在这里，它孤苦伶仃的一个，怎么可能熬过这么寒冷的冬天呢？

因为快要离别了，燕子妈妈对飞飞更好了，有肥嫩的小蚊子，总是第一个给它。飞飞也很兴奋，它还以为自己也能像哥哥姐姐一样去南方呢！

燕子妈妈每天都会外出，衔回柔软的细草堆在窝里。每加一根草，燕子妈妈都在想：我的小飞飞会不会被冻着呢？我一定要找更多的草来垫在窝里。

　　离别的时候终于到了，燕子妈妈眼泪汪汪地望着天真的孩子，心都要碎了。它还是觉得窝里不暖和，于是开始啄自己胸前的细毛，把这层毛细心地铺在碎草上。

　　飞飞终于知道自己不能和妈妈一起去南方了，它什么话也不说，整天把脑袋埋在翅膀里。天越来越冷了，再不走就不行了，妈妈终于含着泪和其他的孩子飞走了。

　　冬天到了，飞飞躺在温暖的窝里，它把头埋在妈妈留下的羽毛里，觉得妈妈就在身边。它要坚强地活下去，它还有很多的话要告诉妈妈呢。

狐狸和鹅群

狐狸来到一块草地，看见草地上有一群长得肥肥的鹅。

狐狸的肚子正好饿了，于是冷笑着说："我来得正好，你们的队形很不错，我可以毫不费事地把你们一只一只都吃掉。"

鹅都是胆小鬼，全都被吓坏了，它们哭叫着、蹦跳着、央求着。可是狐狸却装着听不见，它坐到一边，戴上餐巾，打算吃午餐了。狐狸还说："倒霉的家伙，你们谁第一个来啊？反正一只也跑不掉。"

一只聪明的鹅想呀想呀，它有了好主意，于是问："既然我们不得不放弃我们年轻的生命，那么能不能高抬贵手，让我们做最后一次祈祷，好吗？"狐狸觉得这些家伙真麻烦。

聪明的鹅又开始请求："求求你呀，别让我们在自己的罪孽中死去。我们做完祈祷，然后我们会排成一行，让您选出最肥美的那只。"

　　狐狸想：排成一排，这是个好办法，省得我还要一只只地捉它们。于是狐狸说："好啊，去祈祷吧！我等着，等你们祈祷完毕。我说到做到。"

　　于是第一只鹅开始了长长的祷告，它不停地叫着："嘎！嘎！"第二只等不及了，也开始"嘎嘎"地叫了起来。接着是第三只、第四只，不一会儿它们就一起叫了起来。等它们祈祷完了，咱们再继续讲这个故事吧。

　　可直到现在，鹅群还在祈祷。至于那只狐狸，它早已经饿死了。

快乐的宝剑

有一把宝剑跟随英雄立下了无数的战功，可战争结束后，它却被丢进了废墟，被深深地埋在了泥土里。有一天，一个农夫意外地发现了它。他把锈迹斑斑的宝剑拿回家磨快，绑在一根竹竿上，做成了一把修剪枝叶的长刀。

冬天到来的时候，农夫把宝剑从竹竿上取下来，当柴刀用。到了夏天，农夫又用它斩断荆棘，进山打猎。

农夫逐渐喜欢上了宝剑，将它当成宝贝来爱护。宝剑看见自己又有了新用处，也非常开心。

　　一天，一只年迈的乌龟发现了宝剑，吃惊地问道："怎么是你啊？你怎么变成这副模样了？"

　　宝剑微笑着对乌龟说："为什么要去回忆过去呢？你看，我现在过得也很快乐呀！"乌龟听了，非常忧郁地望着天空，唉声叹气地说："想想以前，你和英雄一起抵抗敌人的入侵，保卫国家的安宁，那时你是多么威风啊！可现在你却……"

　　宝剑看见乌龟难过，便安慰它说："老朋友，谢谢你还记得我。虽然我再也不能像以前那样帮助英雄杀敌，但我现在还能帮农夫，成为他的生活助手，这样也很好呀。这是我一生中最光荣的时候。"

寻找雪莲的小孩

在遥远的康定城里，藏族小孩曲登和阿妈生活在一起。有一年，阿妈生了一场重病，她躺在床上，虚弱地对曲登说："孩子，阿妈就要到活佛那里去了，你一个人要好好照顾自己。"曲登紧紧地握住阿妈的手，泪流满面地说："阿妈，您会好起来的。泽仁大夫说了，只要找到雪莲给您吃，您的病就会好的！"

"傻孩子，雪莲长在最高的雪山上，我们根本就找不到。"

"不，阿妈，我能找到！您放心吧，我一定会把雪莲找回来给您治病的。"

勇敢的曲登为了治好阿妈的病，独自一人踏上了寻找雪莲的艰苦旅程。

　　他来到荆棘<u>丛</u>生的树林，野兽们被他的一片孝心感动了，都不忍心伤害他。走出树林，曲登又走过了一片荒凉的大草原。最终，那座长着雪莲的雪山出现在了他的眼前。

　　在爬山的过程中，曲登的两只手被岩石划出了好多道口子，血都流了出来。他忍住疼痛，一步一步地爬着。雪山上的风好大，好几次差点就把小小的曲登给吹下去了，幸亏他抓得牢才没有掉下去。最后，曲登终于上了峰顶，一朵洁白的雪莲就开在他的脚边。他摘下雪莲，高兴地说："雪莲呀雪莲，我阿妈的病就全靠你了！"

　　就这样，曲登凭借着自己的勇气，找到了雪莲，治好了阿妈的病。

小鲤鱼找朋友

小鲤鱼跳跳和小螃蟹横横是好朋友，经常在一起玩。这些日子，横横不知道跑到哪里去了，跳跳找来找去怎么也找不到，就游到湖底问水草。

水草告诉跳跳："横横蜕壳去了。不过，他躲在哪儿我也不知道。"跳跳问："他为什么要蜕壳呢？"水草摇摇头。

跳跳游啊游啊，遇见了一只螺蛳，就向他问道："你知道小螃蟹为什么要蜕壳吗？"螺蛳摇了摇触角。

跳跳游啊游啊，看到一只河蚌，就向他问道："你能告诉我小螃蟹为什么要蜕壳吗？你蜕不蜕壳？"

河蚌微微张开蚌壳说："我不知道小螃蟹为什么蜕壳，但我是不蜕壳的，我的壳会随着身体一圈一圈地长大，不需要蜕。"跳跳弄不懂螃蟹蜕壳的原因，实在不甘心，便回家问妈妈。妈妈摇摇头说："孩子，我也不知道，你还是问问小螃蟹本人吧。"

跳跳又问："妈妈，那我们鲤鱼蜕不蜕壳呢？"鲤鱼妈妈笑着说："傻孩子，我们身上长的是鳞片，不是壳。我们的鳞片一年长大一圈，数数它有几圈，就知道我们的年龄了。"

过了些日子，跳跳终于见到了横横，却有点不认识他了，因为小螃蟹的身体比以前大多了。跳跳有些奇怪，就问道："横横，你怎么变样了？难道跟蜕壳有关系吗？"

横横笑着说："当然有关系了。不过，我也说不清楚我们螃蟹为什么要蜕壳。咱们还是一起去问问海豚校长吧！"

"那好吧！"跳跳答应了一声，就和小螃蟹一起向海豚校长办的学校游去。

铁嘴格里哥

古时候，森林里还没有啄木鸟，嘴巴最厉害的就数猫头鹰格里哥了。他的嘴巴又长又锋利，不一会儿，就能在一棵粗大的树上掏出个洞来。他在树洞里安下家来，那里边宽宽绰绰，冬暖夏凉，简直就像宫殿一样。鸟儿们见猫头鹰格里哥有这么大的本事，都想请他帮忙给自己造个窝。可是格里哥谁都瞧不起，就连见了老朋友也只是用鼻子哼一声，爱答不理的。

有一天，格里哥把森林里的鸟儿都召集到一起开会，自封为百鸟之王。他大声宣布："以后，不管谁找到好吃的，必须先送给我一份，不然我就用铁嘴狠狠地啄死他！"鸟儿们都很气愤，却不敢当面顶撞格里哥，就一起飞到太阳公公那里去告状。太阳公公非常生气，拄着金拐杖来找格里哥算账。太阳公公说：

58

"你不就是仗着嘴欺负别人吗？"说着，太阳公公挥起金拐杖，只听"当啷"一声，猫头鹰的嘴被打掉了一半，剩下的半截也往下弯去。"饶了我这一次吧，太阳公公！"猫头鹰哭着哀求道，"我以后再也不敢欺负别人了。"

太阳公公见格里哥有了悔改之意，就饶了他。可是没过几天，他的老毛病又犯了，动不动就用那半截弯嘴欺侮小鸟。小鸟们又跑到太阳公公那里去告状。太阳公公想了想，说："这样吧，我这里有个布帘，把他的眼睛蒙上，让他什么也看不见，他也就不能为非作歹了。"

这个办法还真灵，格里哥白天什么东西也看不见了，只好躺在家里睡大觉。可是这样下去也不是个办法，老找不到东西吃，会把他饿死的。于是，太阳公公找到月亮婆婆，让她想个办法。月亮婆婆说："这好办。晚上等鸟儿们都睡下了，我就把布帘给他摘下来，让他出来找食吃。"

从此，到了晚上，月亮婆婆就把蒙在猫头鹰眼睛上的布帘给他摘下来，他才能看清楚周围的一切，赶紧出外给自己找点吃的。

白白头黑黑嘴

有一年，森林里遇到了特大旱灾，大河小河全都断了流，连山泉也干涸了。飞禽走兽们找不到水喝，一个个都耷拉着脑袋，打不起精神。

看到这种情况，猫头鹰格里哥非常着急，他建议大家一起动手挖水井。动物们都说这是个好主意。有一只名叫嘎咕咕的鸟儿却一言不发，他不想干这种又累又危险的活儿，就偷偷溜到一边，抓了把白泥抹在头顶上，又把两道眉毛也抹白了。然后，他躬着腰颤巍巍地走回来："年轻

的后生们，我赞成你
们挖井，可惜我老了，
头发眉毛全白了，不能
跟你们一起干了！"

　　大家见他这副老态龙钟
的样子，反过来劝他好好休息，
然后就热火朝天地挖起井来。嘎咕咕
见自己轻而易举地骗过了众人，心里得意极了，就到一旁享清
闲去了。

　　众人苦干了好几天，终于挖出了一口水井，流出了甘甜的
井水。大家都让猫头鹰先喝，格里哥正在推让，嘎咕咕挤了进
来，也不管别人同意不同意，把头伸进井水里就大喝特喝起来。
他万万没想到，让水一浸，抹在头上和眉毛上的白泥都掉了。
嘎咕咕露出了真面目。大家一看他原来是这副嘴脸，都气炸了，
一拥而上，这个给他一拳，那个踢他一脚，直打得他嘴巴铁青，
躺在地上起不来了。大家觉得还不解恨，又找来白泥，涂了他
一脑袋。

　　从那以后，嘎咕咕头上和眉毛上的白泥再也没有洗掉过，
嘴巴也始终是铁青色的。于是，人们就重新给他起了个名字，
叫白头翁。

横横的烦恼

螃蟹横横特别爱睡觉，可是河里的鱼儿整天在他身边游来游去，让他睡不好觉。他一生气，就把家搬到池塘里。

池塘里的鱼儿很少，可是岸上却有一只讨厌的青蛙，整天"呱呱呱"地叫个没完，这还能睡着觉吗？横横实在忍受不下去了，就去找青蛙说理。

"我说青蛙老弟，你也太不像话了，干嘛总是嚷嚷个没完？"青蛙回答道："呱呱！我那不是嚷嚷，那是笑呢！一见到蜗牛驮着房子走来走去的，我就忍不住想笑。"

横横找到蜗牛，问他为什么老是驮着房子走路。蜗牛慢

条斯理地说："我是没有办法呀！你没看见萤火虫总是拎着灯笼飞来飞去的，我要是把房子丢下，他们就会把它烧掉，这怎么能让人放心得下呢？"横横找到萤火虫，怒气冲冲地问道："你们不知道那灯火多危险吗？"萤火虫委屈地回答："我要是不带灯，白蛉就会咬我，我害怕呀！"

横横气哼哼地找到白蛉，举起两只大钳子，非要让他说个明白不可。白蛉吓坏了，连忙飞开，没想到一下子撞到青蛙的身上，顺便就咬了他一口。

"哎呀，这个该死的东西！"青蛙舌头一伸，就把白蛉吞了下去。白蛉的兄弟姐妹得知这个消息，便成群结队地来找青蛙报仇。青蛙吓坏了，一头就钻进池塘里。

从此，青蛙就在池塘里安下家来，而且还和白蛉家族结下了怨仇。大群的白蛉来了，他就躲起来，而见到单个的白蛉飞来时，他就闪电般地伸出长舌头，一下子就粘住白蛉吃进嘴里。

神医选徒弟

在北方的一个山村里，有一位医术非常高明的医生，当地人十分尊敬他，都想把自己的孩子送到他那里做徒弟。

有一天，一个胖财主带着他的儿子来到神医家，请神医收他的孩子为徒。神医说："只要他可以完成我交给他的任务，我就收下他。"

神医交给财主儿子五只小鸡，吩咐说："现在你就在院子里看着这些小鸡，如果它们掉到旁边的水沟里，或者被猫给叼走了，就算你没有完成任务。"

说完，神医走开了。当他再次回到院子里时，五只小鸡全都不见了。再看财主的儿子，他正蹲在地上哭呢。

"小鸡呢？"神医问。

"我打了一个盹，结果小鸡……全掉到水沟里了……"财主的儿子说。

"懒惰的人是学不到本事的。"神医把财主儿子打发走了。

不久，一个厨师也把孩子送来了。神医同样让他看小鸡。结果，那个孩子只顾着玩，小鸡全被猫给叼走了。神医说："三心二意的人是成不了好医生的，你回去吧。"

又过了几天，裁缝的儿子也来了。他为了赶猫，没看住小鸡，它们全掉到水沟里淹死了。神医对裁缝说："做医生一定要头脑冷静，你的儿子做不了医生，你还是把他带回去吧。"

后来，教书先生的儿子来了。当神医把小鸡交给孩子的时候，他向神医要来了一把扫帚，一把小米，还有一条听话的狗。

　　教书先生的儿子要这些东西做什么呢？原来呀，他用狗来守住门口，外面的猫就不敢进来了。而他自己则在院子里用小米喂小鸡。要是哪只调皮的小鸡跑到水沟那边去了，他就用扫帚轻轻地把它赶回来。所以，当神医来检查的时候，五只小鸡一只也没少，全在院子里开心地吃米呢。他高兴地说："我的医术只会传给像你这样肯动脑筋又不懒惰的好孩子。"

　　就这样，教书先生的孩子做了神医的徒弟。

金棒子和银棒子

从前，有一个穷困潦倒的人，孤苦伶仃地生活在朝鲜半岛上，只能靠在山上打柴来维持生活。因为他脸上长了一个大瘤子，样子十分丑陋，所以谁都不愿意嫁给他。

一年冬天，这个穷人又到山上打柴了，准备把打回来的柴拿到市集上卖掉后，过一个温馨的新年。可这大雪封山的季节，干柴少得可怜，这个穷人找了整整一天，直到天黑才砍到一小捆。这个穷人低着头沮丧地回家了。在路上，他又冷又饿，心里不时地想："假如现在有一间房子住，就好了。"刚想到这儿，突然"砰"地一声响，眼前出现一阵白烟，不一会儿

　　白烟里显出一间宽敞的屋子。这个穷人高兴极了，走进屋子，准备在这里过夜。接着，他又抽出一些柴火，升起火来取暖，不一会儿，就舒舒服服地睡着了。

　　半夜的时候，从屋子外传来一阵乱哄哄的声响，这个穷人一下子被惊醒了。他小心翼翼地走到窗户边一看，居然是一群长相凶恶的妖怪。只见他们每人手里都握有一根棒子，有的是金子做的，有的是银子做的，正在敲击屋子的墙壁和门。这个穷人非常害怕，担心被妖怪们吃掉，可自己又没有逃跑的机会，只好试试用唱歌的方法来吓跑他们。

　　于是，这个穷人憋足了劲，大声唱了起来。谁知这群妖怪听了歌声，不但没有逃跑，反而跑进了屋子，站在离穷人不远的地方，如痴如醉地听了起来，有的还跳起了舞。显然，这些怪物非常喜欢听穷人唱歌，穷人感到又奇怪又害怕，就不停地唱。渐渐地，他忘却了身边的妖怪，自己也情不自禁地跳了起来，一直唱到第二天天亮的时候，妖怪们才有要走的意思。

这时，一个身材魁梧的妖怪走到穷人的跟前，很有礼貌地给他鞠了一躬，然后笑着说："你能告诉我，你优美动听的歌声，是从哪里学来的吗？"穷人想了想，回答说："这全亏了我脸上的这个瘤子，声音都是从这里发出来的。"那妖怪听了，立即向穷人请求说："那你能把它卖给我们吗？"穷人说："那你们就把手里的棒子给我做交换吧。"妖怪们听穷人这样一说，全都围了过来，高兴地答应了，纷纷拿出自己的棒子交给穷人，然后从他的脸上取下了大瘤子。不一会儿，他们就消失不见了。

穷人拿着妖怪们给的金棒子和银棒子欣喜地回到了家，去汉城卖了好多好多的钱。后来，他不仅娶到了老婆，还购置了许多田产，和妻子过起了无忧无虑的日子。

　　村里的一个大财主，脸上也长着一个大瘤子。当他听说了穷人一夜暴富的消息后，高兴得跳了起来。因为他也可以仿效穷人，狠狠地发一笔财。于是，一天夜晚，他背起柴，打扮成一个穷困模样的人，穿着单薄的衣服来到了那间屋子，升起火来假装睡觉。

　　到了深夜，大财主果真看到门外有妖怪在敲击。兴奋得不得了，立即从被窝里爬起来，装模作样地卖弄起嗓子来，传出一阵阵难听的声音。妖怪们听到大财主的声音，非常愤怒，冲进了屋子，将大财主团团围住，大财主却是一脸笑脸，更加卖力地唱起来。这时，那个身材魁梧的妖怪指着大财主吼道："给我住口！你这个说谎的骗子，你的瘤子连声音都发不出来，怎么能唱歌给我们听？"

大财主听得一脸糊涂，又看到妖怪们个个气急败坏的样子，吓得满头是汗，转身就跑。妖怪们立即围了上去，把大财主按翻在地，用金棒子和银棒子狠狠敲打他，一直被打到第二天天亮，妖怪们才停手。

临走时，身材魁梧的妖怪气呼呼地说："死骗子，以后再敢骗人，绝不饶你。"大财主狼狈地趴在地上，连连磕头说"是"。接着，那妖怪拿出穷人的瘤子来说："这是你给我们的瘤子，还给你。"说完，把穷人的瘤子贴到了大财主的另一边脸上。就这样，大财主带着两个瘤子一瘸一拐地回到了家，不久，就在一天晚上丧了命。

太阳神

在印加神话里，太阳神孔蒂拉雅·维拉科查是滋养万物，给予人们温暖的神首之一。可他却非常羡慕人间悠闲的生活，经常变成一个衣衫褴褛的乞丐来人间周游，和别人开玩笑，搞恶作剧。

有一天，他正在街上闲逛，突然被一位叫考伊拉的漂亮姑娘吸引住了，孔蒂拉雅·维拉科查见她在一棵大树下乘凉，立即变成了一只小鸟飞到那棵树上，恢复成乞丐模样坐在树干上。接着，他从树上摘下一个又大又甜的果子，略施一点魔法后，让它掉到考伊拉的眼前。考伊拉捡起果子，津津有味地吃起来。

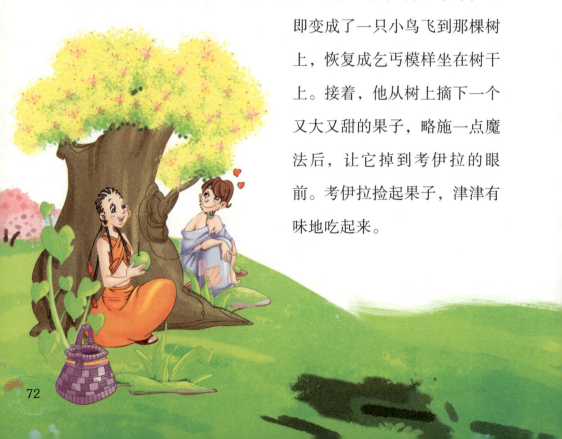

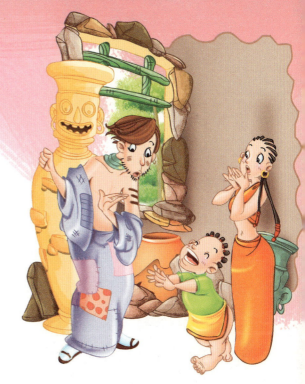

可没过多久，她就怀孕了，生下了一个男孩。考伊拉感到非常困惑和难过：她从来没有向谁表达过爱意，更没有和任何男人幽会过，为什么会怀孕呢？于是，考伊拉便来到神庙，祈求众神前来告诉她真相。

不久，众神就赶来了，考伊拉急切地问他们："万能的诸神啊，你们能告诉我这孩子的父亲是谁吗？"众神听了，都你看我，我看你，被考伊拉奇怪的问题难住了，但又不忍心拒绝考伊拉的请求，都非常着急。

而此时，乞丐模样的孔蒂拉雅正坐在众神的后面一言不发。美丽的考伊拉怎么也不会想到，她苦苦寻找的丈夫和孩子的父亲，居然是这样一个脏兮兮的乞丐。考伊拉见众神都很为难，开始有些着急了。

这时，一个神仙有了主意，对考伊拉说："既然你不知道孩子的父亲是谁，那就让小家伙自己去找他的父亲吧！"于是，考伊拉把怀里的孩子抱了出来，放到地上。

没想到小家伙竟向孔蒂拉雅爬过去，笑着张开两臂抱住了孔蒂拉雅的大腿。

　　考伊拉见了，感到十分惊讶，羞愧得无地自容。她连忙跑到孔蒂拉雅身边，一把抱过孩子，哭着对众神说："难道我这样守身如玉的姑娘，竟要让自己的孩子去认一个邋遢无比的乞丐做父亲吗？我到底做错了什么，上天要这样惩罚我啊！"话音刚落，她就抱着孩子绝望地向海岸奔去。

　　孔蒂拉雅再也坐不住了，摇身变成了一个强健俊秀的青年冲出去追赶考伊拉。他不停地呼唤着考伊拉的名字，可悲愤的考伊拉连头都没回一下，便消失在了远方。

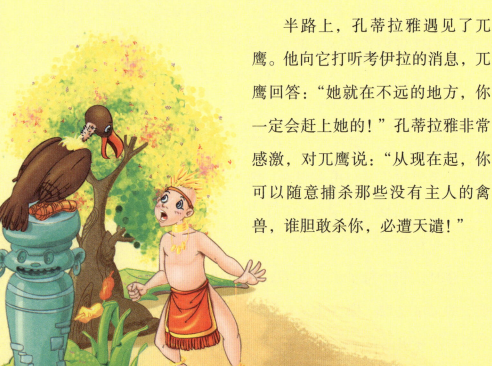

　　半路上，孔蒂拉雅遇见了兀鹰。他向它打听考伊拉的消息，兀鹰回答："她就在不远的地方，你一定会赶上她的！"孔蒂拉雅非常感激，对兀鹰说："从现在起，你可以随意捕杀那些没有主人的禽兽，谁胆敢杀你，必遭天谴！"

　　孔蒂拉雅继续往前跑，又遇到了一只臭鼬，臭鼬告诉了他实情，说："你白跑了！不管你怎么追，也赶不上她了！"孔蒂拉雅听了，非常生气，诅咒它说："从现在起，你只能在夜间活动，并且身体将永远散发出一种臭气，所有的动物都躲着你，憎恶你，捕杀你！"孔蒂拉雅又跑了很远一段路，一只美洲狮看到他就说："只要你心中对她的爱不断，她就会离你越近，你最终会追上她的。"孔蒂拉雅满意地对它说："从现在起，你将受到动物们的尊敬，成为百兽之王，有裁决它们生与死的权利。"

　　这时，狐狸却跑来告诉他说："别追了，你已经来晚了，她和你的儿子已经变成了石头。"孔蒂拉雅气愤地诅咒它："让人们一看见你就追杀你，连咿呀学语的小孩都不会尊重你。"

　　孔蒂拉雅又往前跑了一段路，从天上传来一阵鹦鹉的叫声：

"已经晚了，已经晚了……"孔蒂拉雅又诅咒起鹦鹉来："从现在起，人们会贩买你们，将你们关进笼子里永远没有自由，我憎恨多嘴多舌的你们。"最后，太阳神孔蒂拉雅来到了大海边，看到考伊拉和自己的儿子果真变成了石头，便忧伤起来，在岸边不停地徘徊，后悔当初不应该变成乞丐的样子，也不应该诅咒那些善良诚实的动物。

可他是万神之神，说过的话，做过的事，都是不允许轻易改变的。就这样，以上那些被诅咒的、被祝福的动物们的习性就永远固定了下来，直到现在也没有恢复过来。从此以后，太阳神孔蒂拉雅吸取了教训，执法更加严明公正了。

风车

山上有一个风车，它有四个翅膀生在头上，它的怀里有一块很好的磨石。它看起来很骄傲，它自己也真的感到骄傲。

风车说："我一点儿都不骄傲！不过呢，我的里里外外都很明亮，太阳和月亮的光照在我的外面，也照在我的里面，还有各种蜡烛的光。我是一个明亮的人，也是一个有思想的人。"

风车的构造很好，好的叫人一看见它，就会感到心情愉快。

风车说，它生来就是一个荷兰人，从它的形状上就可以看得出来——"一个飞行的荷兰人"。

风车的肚皮上围着一圈走廊，下面有住宅，它的思想就藏

在里面。主导的思想叫"磨坊人"。"磨坊人"管理面粉和麸子，有一个伴侣叫"妈妈"，"妈妈"知道她自己想要什么，能做些什么。她有时像微风细雨一样温和，有时像暴雨一样强烈，她知道怎样处理一些事情。她是风车温和的一面，而"磨坊人"则是风车坚强的一面。他们彼此是对方的老伴。

这两个老伴，养育了一群可爱的孩子，他们是些"小思想"，常常闹个不停。将来，他们也能长成"大思想"。

最近，"磨坊人"和孩子们严格地检查了风车体内的磨石和轮子，看看它们是否有问题。因为风车最近出毛病了。

"小思想"们一天天长大了，外面有别的"思想"来访，据说，他们要同"小思想"们谈恋爱，所以"小思想"们又开始闹了。但是，风车不喜欢这些外来的"思想"，因为他们不属于风车家族，跟风车家族没有共同之处。

风车一天一天地变老了，它很担心自己某天会被拆掉。它说:"我希望磨坊人、妈妈、孩子——整个'思想的家族'能永远在一起。没有他们,我是活不下去的。"

日子慢慢过去了,有一天,磨坊着火了,火焰升得很高,大梁、木板、磨石,全被火吞没了,变成了灰烬。

经过这次意外,整个"思想的家族"并没有变,他们还得到了好处。以前的旧木料都换成了新的,而且新的设备比前一个设备更好,更现代化了,任何事物总归是要进步的,这和风车起初想象的完全相反。磨坊的躯体并没有重新站起来,因为它太相信字面意义了。所以,人们不应该只从字面上看一切事情的意义。

神奇的桌布

　　小兔子在山谷里收白菜，天就快黑了。这时候，它看见河边有只浣熊在洗东西。小兔子把白菜塞进背篓里，直起腰来，悄悄地走到浣熊身后。

　　小兔子问浣熊："喂喂，你在做什么呢？"浣熊头也不抬地回答："洗桌布，洗桌布！"小兔子笑了起来："为什么要洗得这么认真呢？"浣熊好像什么也没听见一样，只是嘟囔着："还是洗不掉，还是洗不掉。"

　　小兔子觉得十分奇怪，终于忍耐不住，嘿嘿地笑出了声：
"为什么要洗得那么干净呀，这样也可以呀！"浣熊这才回答：
"这是块神奇的魔法桌布，如果不洗干净，法力就施展不出来。"

　　小兔子十分惊奇："魔法桌布呀，这么神奇，那我帮帮你
吧。"于是，它们一起洗呀洗呀，可仍旧洗不干净。

　　这时候，一个穿着破旧衣服的小男孩走了过来，问："你们
在做什么，要不要帮忙？"小兔子和小浣熊齐声回答："我们在
洗桌布，可怎么也洗不干净。"

　　小男孩笑着回答："不要着急，我有办法。"他爬到附近的
皂角树上，摘了一大把皂角，然后用这些东西认真地洗桌布。

　　真是神奇，桌布很快就变得干净了。小浣熊很感激他们，
于是施展法力，变了一大桌子饭菜，大家围着桌布坐了下来，
高高兴兴地吃了起来。

小农夫

从前有个村子，那里的人都很富裕，只有一个人穷得连头牛都没有，更说不上有钱了，大家叫他"小农夫"。他和妻子都很想有头自家的牛，于是有一天他请木匠做了一个小木牛。木匠的手艺真好，木牛做得栩栩如生。

第二天一早，村里的牧牛人正赶着牛群要出村，小农夫把他拉进屋说："我有头小牛，还不能自己走，你得抱着它走才行。"牧牛人于是把小木牛抱到牧场，把它放在草地中央。

小木牛就一直低着头，好像是在吃草。到了晚上，牧牛人赶着牛回村了，他忘记了还有不会走路的小木牛。

小农夫站在门口等着，看到牧牛人赶着牛进了村，没见到自己的小木牛，就向牧牛人询问。

他们只好又一起来到牧场，可并没有见到小木牛，也许它已经被偷走了。小农夫埋怨牧牛人丢了自己的牛，牧牛人只好赔了他一头真的牛。

就这样，小农夫和妻子终于有了自己的牛，他们非常高兴。家里有了小牛，小农夫干活也快了不少，家境也渐渐好了起来。

看到小农夫家的生活变得越来越好，村子里的人都说小农夫准是做了强盗了。于是他们把小农夫带到镇长那儿，逼他说出他的财富是从哪儿来的。

小农夫只好胡乱回答说："我的小牛每天可以下金子。"镇长可贪心了，立刻用自己的全部家产，甚至镇长的这个位置来换会下金子的小牛，农夫装着不情愿的样子答应了。现在，他可是全镇最有钱的人了。

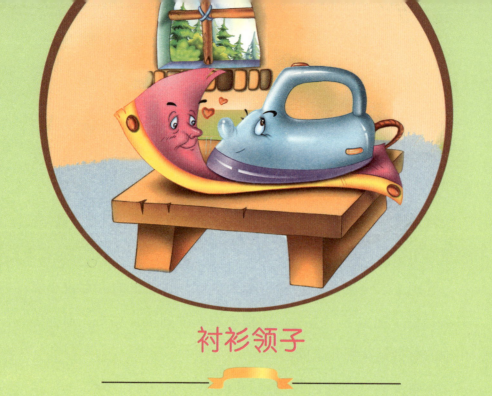

衬衫领子

　　有一位漂亮的绅士，他有一个脱靴器和一把梳子，还有一个世界上最好的衬衫领子。这个衬衫领子有过一段很有趣的求婚故事。

　　一次，这个衬衫领子和袜带一块儿混在水里洗。它夸奖袜带说："我从来没有看到过你这么苗条和细嫩的美人，你是个迷人温柔的可人。"它又问了许多问题。袜带不习惯这些，也不喜欢靠得太近。衬衫领子说袜带是在装腔作势，后来它被拿到熨斗板上。一个滚烫的熨斗来了，衬衫领子说："亲爱的熨斗太太，我现在感到你的热情了，你烫穿了我的身体。噢，我要向你求婚！""你这个老破烂！居然敢向我求婚，看我怎么收拾你！"

熨斗太太说完，便骄傲地在衬衫领子上走来走去。边走嘴里还骂骂咧咧，"你这个老破烂。"因为衬衫领子的边缘有些破损，所以它被熨斗太太骂得狗血淋头。

因为破烂，一把剪刀要剪它。衬衫领子又恭维剪刀小姐说："你一定是一个芭蕾舞蹈家！瞧，你的腿伸得多直啊，我从没看见过这么美丽的姿态。啊，你是世界上无人能比的美人！"剪刀高傲地说："这一点我知道！"现在，它开始向剪刀求婚。

剪刀一气之下，给了衬衫领子一剪刀，使它不能复原。衬衫领子不死心，又向梳子求婚，可梳子已和脱靴器结婚了。它已经没有机会了。很多天之后，衬衫领子来到一个造纸厂的箱子里，它向这些形形色色的破布朋友吹嘘自己是一个情场高手，有一大堆情人，还给它们讲了它的恋爱经历。最后，它变成了白纸，上面还印了它的这些历史，甚至是秘密的事。

聪明的兔子

一天，一只白兔到花园里去吃胡萝卜。当它准备回家的时候，一个农夫走了过来。

白兔吓坏了，想找地方躲起来。可是，躲到哪儿呢？胡萝卜在地下，只有叶子露在外面，它不能躲在那儿。可是农夫已经走近了，怎么办呢？突然，它有了主意。它迅速挖了个洞，用叶子和树枝挡住洞口，一直等到农夫离开，白兔才钻出洞口，急急忙忙地往家跑。

它使劲把门敲开，却把妻子吓了一大跳，原来洞里的尘土把它变成了一只泥兔子！"泥兔子"红着脸跑进浴室，好好地洗了一个澡。哈哈，它现在又是一只干净的白兔了。

柳树下的梦

在却格附近的一个小城市里，两个小邻居克努得和约翰妮是一对好朋友。他们经常在小花园里的老柳树下，跟其他的孩子玩耍。

两个小邻居在市集里玩，他们来到卖姜饼的老人那里，老人给他们讲了一个关于姜饼的爱情故事：姜饼男子和姜饼姑娘彼此深爱对方，但他们谁都不先开口告诉对方，他们最后也没有结果。故事讲完后，老人把两个姜饼送给了克努得和约翰妮。他们被老人讲的故事感动了，没有勇气吃姜饼，但姜饼还是被其他的小朋友吃了。

约翰妮的歌声很美，大家都喜欢听她唱歌。后来，约翰妮的妈妈去世了，她爸爸打算迁到京城，再讨一个太太。两个小邻居流着眼泪分手了。

克努得在鞋匠那做学徒，他接受了坚信礼，他成年了！他很想去看看约翰妮。约翰妮也没忘记克努得，她写了一封信给克努得和他的家人。克努得和家人看了信，高兴地流泪。克努得觉得自己爱上了约翰妮。

一个晚秋的下雨天，克努得打算到约翰妮的新家去。他穿上手艺人做的新衣，戴上一顶却格的礼帽，来到了约翰妮的家。他终于看到了约翰妮。

　　约翰妮现在已
经是一个成年的小
姐了，她很漂亮，
也很文雅。她见到
儿时的朋友，感到
非常高兴！她的眼
睛里闪着泪花。约
翰妮念了一段文章，
好像说的是她和克
努得的爱情；她又
唱起了歌，好像唱的是他们的过去。克努得想自己不能像姜饼
那样沉默下去，他要告诉约翰妮他爱她。

　　克努得经常站在祖母的窗边，往约翰妮住的方向望。一天，
约翰妮叫人送来了一封信，里面是她在戏院演出的门票。克努
得很高兴，这是他第一次到戏院，他觉得约翰妮是那样地美丽，
他认为约翰妮也爱他。

　　一天，约翰妮告诉克努得她要到法国去发展事业。克努得
难过极了，眼泪快要流出来了，约翰妮也要哭了。她说："忠诚
老实的人啊，我们还会再见的！"克努得下决心告诉了约翰妮
自己对她的爱，而约翰妮却说她只是克努得的一个好妹妹。她

把她柔嫩的手贴到克努得灼热的额上，说："只要人有坚定的信念，上帝会给我们勇气应付一切的。"克努得痛苦地向约翰妮告别。不久，他也去了法国。

他到了纽伦堡，在市场上遇到了一个漂亮的女佣人正用桶汲水。她送了水给他喝。女佣人手里有许多娇艳的玫瑰，也送了一朵给克努得。

克努得在纽伦堡遇到了一个很好的老板，他住了下来。在他的住房前有许多高大的接骨木和柳树，这让他想起了儿时的事，他不得不离开。他又走了许多地方，后来到了米兰。

　　米兰的老板很喜欢他，带他去听了约翰妮的演唱会。克努得非常高兴！但约翰妮已经不认识他了，她和一个胸戴勋章的绅士订了婚。克努得更加痛苦了，他收拾好背包回老家去了，他要回到小时常和约翰妮见面的那棵柳树下。

　　星星在他的头上出现了，他朝着山上走，他觉得腿软无力，浑身使不出一点力气。天变冷了，他感到困倦，坐在一棵大柳树下闭眼休息。这就是却格的那棵柳树，他仿佛看到了约翰妮，还有两个姜饼爱人，他们手牵手向他走来。

　　天下起了冰雹，他醒了才发现自己是在做梦。他想继续梦下去，于是又昏昏沉沉地睡着了。天亮时，村里的人发现路旁坐着一个手艺人，他已经死了，冻死在了柳树下。

妈妈的桌布

凯瑟琳的妈妈非常爱干净，就连桌布也洗得干干净净。

凯瑟琳看着那块雪白雪白、四四方方的桌布，好奇地问："不是一样吃饭吗？"

妈妈望着凯瑟琳，认真地说："看着桌子干干净净的，心里多高兴呀，饭也想多吃两口呀。"

凯瑟琳一点也不认同妈妈的话，她觉得每天都洗桌布实在太麻烦了。

有一天，凯瑟琳的妈妈和爸爸一起到很远的地方去，要走好几天呢。等爸爸、妈妈走了以后，凯瑟琳想：现在没人管我了，我爱干什么就干什么，爱洗桌布就洗，不想洗

就不洗。几天过去了，桌子上堆了一大堆碗碟，桌布也脏得看不出本来的颜色了。

到了最后，因为饭桌太脏了，凯瑟琳甚至不愿意在那里吃饭。无论碗里装的是

什么，她总是觉得一点也不香。凯瑟琳自言自语道："为什么会这样呢，难道出了什么差错吗？"

这时候，凯瑟琳才想起了妈妈的话：看着桌子干干净净的，心里多高兴呀，饭也想多吃两口呀。凯瑟琳把碗碟洗干净以后，又把桌布也洗得干干净净的。

现在，家里变得整洁多了，吃饭也似乎更加香甜了。凯瑟琳现在好想爸爸、妈妈呀，真想马上看见他们，告诉他们自己这几天的经历。

几天以后，爸爸和妈妈终于回家了。妈妈觉得家里更干净了，尤其是那块桌布，白得多么耀眼啊。

河坝的报复

动物村寨的附近有一条小河，一到雨季，河水就会暴涨。

雨季又要来了，住在村寨里的小动物们都非常害怕。它们推选出了两头大象为大家查看河坝。

一天深夜，大风"呼呼"地刮，天空下起了暴雨，小河里的水一下就涨了好多。大象担心河水会冲垮河坝，就急急忙忙地跑去查看。

这时，不远处突然传来一阵石头滚动的声响。糟糕，河坝下面露出了一个小洞，河水从这里流到村寨里去了！这可怎么办呀？大象也害怕了，它慌里慌张地敲响了手中的大锣，"当当当……当当当……"

　　这是大家约好了的，要是河坝出现危险，大象就敲锣发出警报，这样大家就会赶来帮忙。

　　猴子听到了锣声，心想：我明天还要上班呢，反正还有那么多人，不去也无所谓。

　　刺猬听到了锣声，心想：我力气这么小，去了也帮不了忙，还是让别人去吧！

　　兔子听到了锣声，心想：河水泛滥多可怕啊，万一被冲走了怎么办啊？

　　……

　　大象拼命地敲着锣，可是谁也没来帮忙。

　　最后，缺口越来越大，河水把河坝冲垮了。吓得躲到高山上的动物们，只能眼睁睁地看着自己的家园被河水淹没了。

葡萄是酸的

　　一只狐狸饿极了，正在到处找吃的。它走啊走，走到了老爷爷的葡萄园里。绿油油的葡萄藤上，挂着一串串沉甸甸的紫葡萄。在阳光的照耀下，葡萄就像美丽的紫水晶。肚子饿得"咕咕"叫的狐狸见了，馋得直流口水。

　　它飞奔到葡萄架下，"噌"的向上一蹿，想去摘葡萄。可葡萄架实在太高了，它的手指尖连葡萄的边都摸不着！狐狸着急啦，伸长脖子在葡萄架下不停地打转，往上跳了一次又一次。

直到累得气喘吁吁地趴在地上，它还是没吃到葡萄。

　　这时，老爷爷从外面回来了。他看见了葡萄园里的狐狸，就生气地说："狐狸，你怎么可以趁我不在家的时候来偷吃我的葡萄呢？"

　　狐狸看了看老爷爷，不服气地撇撇嘴，说："老头，谁要偷吃你的葡萄呀？"

　　"不偷吃？那你跑到葡萄架下面干什么呀？"老爷爷问。

　　"哼！你的葡萄还没有成熟，又酸又涩，我才不稀罕吃呢！这样的葡萄，送给我都不要！"说完它咽了咽口水，灰溜溜地走了。

美丽的雪人

"天气冷得可爱极了！"一个雪人站在雪地中自言自语地说。它的眼睛是由两块椭圆形的瓦片做的，它的嘴是用一块旧耙做的。它看起来很可爱，它是在一群孩子的欢笑声中诞生的。太阳下山了，一轮明月升上来了，月亮在漆黑的夜空中显得又大又圆，又明亮又美丽。

雪人以为这是太阳从另一面爬起来了。它说："啊，温柔的太阳总算不再向我瞪眼睛了，它看起来真美呀！啊，我要是能像孩子们一样跑起来，该有多好啊！"

这时，一只老狗用有点沙哑的声音说："完了，完了！"

雪人说："朋友，你在说什么？我不懂你的意思。"

老狗说："你现在看到的是月亮，而刚才落下的是太阳。太阳明天会教你怎样跑到墙边的那条沟里去，天气不久就要变了。"

雪人说："我不懂。"

老狗说："是啊，你什么都不懂，因为你是一个刚刚才来到这个世界上的新人物。不过，等明天太阳升起来时，你会懂的！"

天亮的时候，天气真的变了，一层浓雾笼罩了整个大地。过了许久，太阳终于出来了，雾开始退去。远处的树木和灌木

丛盖上了一层白霜。

"真是美丽极了！"一位年轻的姑娘和男子走了过来，正好站在了雪人身边。两人称赞着这美丽的景色，也赞美漂亮的雪人。

雪人问老狗："朋友，你知道他们是谁吗？"老狗骄傲地讲了起来："他们是一对恋人，他们将要搬进一间共同的狗屋里去住，啃共同的一根骨头。完了，完了！"后来，老狗又讲了自己如何被主人疼爱，如何被赶到管家那里，如何与一个大火炉生活在一起，又如何被赶到院子里来的。

在老狗所讲的事中，最令雪人感兴趣的是那用四条腿站着，跟雪人差不多大小的火炉。雪人成天朝那间屋子里望，成

天瞧着自己的恋人——火炉。它是多么想到那儿去一趟，多么想同自己的恋人呆在一起。这是它唯一想实现的、天真的愿望。但是狗儿却说："如果你走近火炉的话，那么你也就完了，完了！"

　　天气一天天的变暖，雪人开始慢慢融化，但它却得了"火炉相思病"，怎么也高兴不起来。慢慢地，天气变得越来越热，雪人融化了。

　　不久，冬天过去了，春天来了。太阳出来了，人们都欢喜地沉浸在温暖的阳光里，谁也没再想起那个雪人。

小鸡报仇

花斑母鸡和它的三个孩子快乐地生活在森林里。可是，一只凶恶的野猫却打乱了它们的安宁。花斑母鸡为了保护三个孩子，不幸被野猫吃掉了。小鸡们伤心极了，决心要给妈妈报仇。

三只小鸡顺着野猫留下来的脚印追了上去。一路上，它们遇到了苦子果、龙虾、冬瓜和蜜蜂。当它们知道小鸡的妈妈被野猫吃了的事后，都非常同情它们，还表示愿意帮助小鸡去找野猫报仇。

不久，小鸡们和大伙儿就来到了野猫所住的木楼下。三只小鸡进了屋，将熟睡的野猫围了起来，并大声地说："你这个大坏蛋，吃了我们的妈妈，今天我们是来为妈妈报仇的！"

野猫一听有人来找它报仇，吓得立即跳了起来，但当它看见三只小鸡时，却哈哈大笑了起来："我以为是谁呢，原来是你们这三个小不点儿。你们来得正好，我还没吃晚餐呢。"说着，野猫就恶狠狠地扑了过去。

三只小鸡早有准备，轻轻一跳，躲过了野猫。这时，藏在火炉里的苦子果"砰"的一声炸响了，滚烫的木炭溅得野猫一脸都是。野猫赶紧跳进水缸里，却被藏在里面的龙虾夹得嗷嗷叫。没有办法，野猫只好逃跑。谁知刚一出门，它就被埋伏在门外的蜜蜂蜇得满身是包。最后，冬瓜从楼梯上跳了下来，重重地砸在了野猫的头上。

不一会儿，凶恶的野猫就咽了气。

谁最幸福

春天到了，花园里的玫瑰花开了。阳光说："多么美丽的玫瑰啊！每天我都吻着它们，使它们获得了生命，它们是我的孩子！"

露水说："我用泪水滋养了它们，它们是我的孩子！"玫瑰树说："它们在我的怀里长大，我才是它们的母亲！你们只是它们的教母，按你们的能力和好意，给了它们礼物。""我美丽的玫瑰孩子们！"它们三个欣然地望着玫瑰花，它们希望每朵花都能得到最大的幸福。

一位悲伤的母亲走进花园。她采了一朵半开的玫瑰花，并将它悄悄地带进了女儿的房间。几天前，她的女儿还活蹦乱跳的。可现在，她已经躺在了一口棺材里，毫无生气。母亲吻了吻死去的女儿，又吻吻玫瑰，把它放在女儿的胸前，她希望花的清香和母亲的热吻，能使女儿的心重新跳动。玫瑰花快活地说："我像一个人类的孩子，得到了母亲爱的吻和祝福。毫无疑问，我是最幸福的一个！"

一个诗人走进花园里，他亲了一朵看上去最美丽的玫瑰花，写了一首有关它的诗，表达甜蜜的爱情。连玫瑰树妈妈都听得入神，这是一首不朽的诗。这朵玫瑰花说："这首诗使我不朽，我是最幸福的。"

在这许多出色的玫瑰花中，有一朵有点毛病的花几乎完全

被其他花遮住了。它在梗子上稍微歪斜，两边的花瓣不对称，而且在花的正中心长着一片又小又绿的花瓣。

一只蝴蝶飞下来吻它的花瓣，它是在表示爱。但是，蝴蝶的爱是要在玫瑰花瓣上产下蝶卵，等幼虫成形后，吃掉玫瑰花的嫩叶。玫瑰花拒绝了蝴蝶残忍的爱。这时，一只夜莺唱起了歌。"它是为我而唱的！"有毛病的玫瑰花说，"我得到了动物们的尊重和爱，我是多么的与众不同，我应该是最幸福的一个吧！"

一会儿，花园里来了两位吸着雪茄的绅士。他们谈起玫瑰花，谈起烟草。他们说如果玫瑰花受到烟熏，便会变成绿色。于是，他们决定试一试。但是，他们不想在完美的玫瑰花上试，便选中了那朵有毛病的玫瑰花。"啊，我真荣幸，看来我的确是最幸福的一朵玫瑰花了。"于是，它在自满的烟气中变成了绿色。

　　一个园丁在修剪花草时，发现了这朵与众不同的玫瑰花，"哎，真可惜，一朵有病的玫瑰花！"园丁喃喃地说。他把它剪下来，抛到围墙外。

　　后来，一个农民看见了这朵美丽的散发着香气的玫瑰花，便把它拾起来带回家，放进一只盛着水的高脚玻璃杯，放在他的祖母旁边。祖母是一个贫穷的老太婆，她一生勤劳，现在终于到了该休息的时候了。她坐在安乐椅上，看着这朵花香扑鼻的玫瑰，想起了自己的青春年华。她的脸颊泛起红润，嘴角带着微笑，她快活得像个孩子。

　　花园里那棵玫瑰树上的每一朵玫瑰花都有它自己的故事，它们都非常自信地认为，自己是最幸福的一朵。但三位母亲一致认为，那朵有毛病的玫瑰花，是所有玫瑰花中最幸福的一朵。

蜡烛

从前，有一支用纯蜡油做的大蜡烛，它把自己的价值看得很高。"我是一支用最纯粹的蜡做出来的。我发出的光比任何蜡烛都亮，我只属于高悬的枝形吊灯或者银烛台。"它骄傲地对着脂油蜡烛说。

它的话刚说完，所有的蜡烛都被拿走了。女主人拿起了脂油蜡烛，把它连同满满一篮子土豆和苹果，送给了一个乞讨的穷孩子。"这支蜡烛也送给你，夜晚你母亲可以点着它干活。"于是，脂油蜡烛便来到了穷孩子的家里。

这家有一个寡妇和三个孩子，他们住在富人家对面的一个低矮的小屋里。母亲用火柴点燃了蜡烛，屋子里一下子亮堂起来。脂油蜡烛心里一点也不好受，因为富人家热闹的舞会开始了，那里有最好吃的食物，还有最好看的衣服。这时，穷人家的小姑娘举起了脂油蜡烛，兴奋地说："终于可以吃到我们盼望已久的热土豆了。"她的脸上放射出幸福的光芒，可爱极了，就像富人家那个小女孩一样。

孩子们吃完土豆就去睡了。屋子里静了下来，脂油蜡烛心想：这是一个了不起的夜晚。不知纯蜡油做的蜡烛，在它的银烛台上能不能感受到这样美好的时光？在我燃烧完之前，我真想知道一个究竟。富人的孩子被纯蜡油蜡烛照亮，穷人的孩子被脂油蜡烛照亮。两个孩子，这一个和那一个，其实有着同样的快乐。

雏菊

一条乡间大路旁有一幢别墅，别墅前有一座花园，里面长着各种娇艳夺目的花。而在附近的一条沟里的绿草丛旁，长着一棵小小的雏菊。它只是一朵卑微的花儿，但它却很高兴。每天它把头转向太阳，静听百灵鸟清脆的歌声，它时刻都保持着快乐的好心情。

星期一，孩子们上学去了，雏菊在它的小绿梗上，聆听百灵鸟唱歌。它觉得自己在静寂中感觉的一切，都被百灵鸟美妙的歌声唱出来了，它很尊敬这只能唱能飞、幸福的鸟儿。

　　那些高贵的，生长在花园里的花儿却没有雏菊这样的好心情，它们被小朋友用刀砍了。雏菊感到庆幸，自己因为卑微而没有被砍掉。第二天，可怜的百灵鸟被几个小朋友捕去关在笼子里，它没有了自由，雏菊希望自己能帮助百灵鸟。

　　很快，雏菊也被小朋友割去了。他们把雏菊同一块草皮一起放在百灵鸟笼旁。慢慢地，雏菊开始枯萎了，百灵鸟因为没有水喝慢慢死去了。小孩子看见鸟儿死了，都哭了。他们为它挖了一个坟墓，举行了隆重的葬礼。而最关心百灵鸟的雏菊，则被小孩子们连着草皮一起扔到了路旁。

两只公鸡

两只公鸡——一只在粪堆上，另一只在屋顶上。它们都骄傲得不可一世。木栅栏把养鸡场和另外一个场子隔开。另一个场子里有一个粪堆，上面长着一个大黄瓜。黄瓜说："我看见栅栏上有一只公鸡，它比起那只高高在上的铜铸的风信鸡来，它更重要。风信鸡不会啼叫，它老是想着自己。这只养鸡场上的公鸡走路像跳舞。"晚间天气很坏，栅栏被狂风吹垮了。风信鸡仍旧站在屋顶上，稳如泰山，它仍很高傲。

许多鸟儿路过这里，总不会忘记拜访风信鸡，而它却觉得生活单调，每个人都呆板乏味。

"喔——喔——喔——！"养鸡场上的公鸡啼叫起来，"只要我站在养鸡场上叫一声，小鸡马上就会长成大鸡。"公鸡认为自己是一只杰出的公鸡！它拍拍翅膀，把鸡冠竖起来，又啼叫了一声。母鸡和小鸡很自豪，它们族人之中有这么一个杰出的人物，它们也跟着叫起来。风信鸡听到了，认为它们这是无聊至极。它在心里想：养鸡场的公鸡不生蛋，而我懒得生，要生的话也是生风蛋！现在它连站在屋顶也不愿意了，它倒下去，有意想压死养鸡场上的公鸡，但没有成功。

这个故事告诉我们：与其变得烦而倒下来，倒不如啼叫几声为好。

蝴蝶

一只蝴蝶想要找一个恋人，它想在鲜花中找一位可爱的恋人。

每朵花都安静地、端庄地坐在梗上，正如一个姑娘在没有订婚时那样坐着。可它们的数目非常多，选择很不容易。蝴蝶找过可爱的雏菊、年轻的番红花和雪形花、美丽的秋牡丹、热情的紫罗兰、华丽的郁金香……它还曾打算向逗人爱的豌豆花求婚，它有红有白，既娴雅又柔嫩，家庭观念很强又很漂亮。可当蝴蝶看到它枯萎的姐姐时，大吃一惊，马上飞走了。"天哪！我无法想象它以后会像它姐姐一样。"

　　当然，蝴蝶也不喜欢悬在篱笆上的金银花，它们都板着面孔，皮肤发黄，一点儿也不好看。

　　春天过去了，夏天也快结束了，秋天就要来到了，但是蝴蝶仍然犹豫不决。花儿们已经失去了新鲜的、喷香的青春味了，蝴蝶只好向薄荷求婚，可薄荷并不愿意结婚。蝴蝶一直没有找到太太。

　　在晚秋季节，天气多雨而阴沉。蝴蝶趁一个偶然的机会，溜到一个房间里，被人观看和欣赏，然后被一根针钉在一个盒子里。

　　"现在我像花儿一样，栖在一根梗子上了。"蝴蝶说，"这的确是不太愉快，这几乎跟结婚没有两样，因为我现在算是牢牢地固定下来了。"它用这种思想来安慰自己。

上当的山羊

有一次，狐狸不小心掉进了一个猎人废弃的陷阱里。这个陷阱又大又深，不管狐狸怎么跳，就是上不去。

不久，一只口渴的山羊从这里路过。狐狸见山羊正在四处找水，立刻有了主意。它对山羊说："喂，山羊老兄，快过来，我有好消息告诉你！"山羊听到喊声，忙跑了过去："咦，这不是狐狸吗，你在这坑里干什么啊？"

狐狸回答说："我在这里喝水呀。"山羊一听有水，就不顾一切地跳进了陷阱。当它发现下面全是干干的沙子时，忙问狐狸："你说的水在哪里呢？"狐狸笑了笑说："你真不走运，我刚把水喝光，你就来了。不过不用担心，你只要坚持刨下面的沙子，很快就会看见水了。"

山羊果然相信了，用前面两只脚使劲挖了起来。这时，狐狸又说："山羊，我帮你找到了水，你可不可以也帮我一个忙呢？"山羊挖着沙子，头也不回地说："你说吧，我会报答你的。"

"我想借用你的犄角爬上去，回家拿袋子多装点水回去。"山羊听了，立即点头答应了。于是，狐狸站在山羊的犄角上，爬出了洞穴，再也没回来。而山羊却依然在陷阱里挖着沙子，直到它快要死的时候，还在坚持着。最后，山羊渴死在了陷阱里，那些沙子埋葬了它。

区别

那是在五月，风吹来感觉仍然很冷很冷，但灌木和大树、田野和原野都说："春天已经来了，到处都开满了花，一直开到了灌木丛组成的篱笆上。"这里有一棵小苹果树，上面布满了粉红色的、细嫩的、随时都会开放的花苞。

一位年轻的伯爵夫人看见了这棵含苞待放的小苹果树。她觉得小苹果树上的花是世界上最美丽的花。她把它折了下来，带回到了自己高大美丽的房间里。

　　苹果花枝被安置在一个花瓶里，它变得骄傲起来，开始瞧不上别的自然生长的植物，它认为自己是富贵的，而别的植物，特别是一种叫"魔鬼的奶桶"的小花都是贫贱的。这话被阳光听见了，它有些不高兴。阳光认为世界上的一切都有着造物主给予的一样的无限的慈爱，并没有富贵与贫贱之分。

　　从田野那边跑来了一大群孩子，他们中最小的一个非常的小，还要别的孩子抱着他。他被放在一片黄花中间，他高兴地踢着自己的小腿遍地打滚。较大的孩子把那些黄花从空梗子上折下来，连成一串串链子挂在肩上，系在腰间，悬在胸脯上，戴在头上。

　　"这真是一件艺术品。"阳光说，"你看到它的美没有？你看到它的力量没有？"

高傲的苹果枝说："看到了，它只不过和孩子们在一起时才这样！"

这时，一位老婆婆来到田野里，她把一朵花从土里挖出来，把它的一部分根用来煮咖啡吃，把另一部分根拿到药材店当做药用。

当苹果枝与阳光争论不休的时候，有人走进了房间，是那位美丽的伯爵夫人。她手里拿着一朵花，她把它放在了苹果枝的旁边，苹果枝这才发现这是那株极贫贱的花。伯爵夫人说："造物主把它创造得多么可爱啊！我要画出它们。"

多漂亮的苹果枝啊！这朵贫贱的花以另一种方式从上帝那儿也得到了同样的恩惠。虽然它们之间有区别，但它们都是美丽王国的孩子。

又卖矛又卖盾的商人

很久以前，有一个楚国人，他是个卖兵器的商人。

一天，商人来到了集市。他把兵器往一块空地上一放，开始大声吆喝起来："哎，快来看啊！这里有各种各样上好的兵器，千万不要错过呀！"

大家听了，纷纷跑过来围观。只见商人手里拿着一块厚厚的盾，说："你们看，我的盾可是用坚硬无比的钢铁打造成的，

随便你们用什么东西都刺不穿它！"说着，他举起盾给大家看。这盾做得非常精致，上面还刻着许多漂亮的花纹。"啧啧，真是块好盾！"大家赞叹道。

商人见大家对自己的盾赞不绝口，得意极了。他又拿起一根长长的矛，说："哎，再来看看我的矛！这矛非常锋利，什么东西都挡不住它，天底下还没有什么是它刺不穿的！"大家都睁大了眼睛仔细看着。

这时，人群里有人说话了："既然你的矛和盾都那么厉害，就用你的矛去刺刺你的盾，让我们看看结果会怎样吧！"

卖兵器的商人听了，一下愣在了那里，什么话也说不出来了。后来，他收起自己的东西，红着脸离开了。